タイムス文芸叢書
012

ばばこの蜜蜂

なかみや 梁

沖縄タイムス社

もくじ

第46回新沖縄文学賞受賞作

ばばこの蜜蜂

一

烏骨鶏《うこっけい》の雄たけびが寝ているウシ婆さんの耳に届いた。

寝床からむっくりと上半身を起こすと首を左右に二回まわして立ち上がる。昨日は重い荷物を持ったせいか二の腕の筋肉が痛むようだ。やはりこの年になると重いものを持ち運ぶのはしんどい。無理はできないなと思いつつ左の腕をほぐした。壁側にあるスイッチを押して灯りを点ける。小さくあいた細い眼をこすって時計を見た。

いつもと変わらない時刻だ。烏骨鶏が目覚まし時計の代わりにウシ婆さんを起こしてくれる。

壁時計の針は五時をさしている。

孫の太一の寝顔を見ながら毛布を掛けなおしてやる。いつまでたっても色白の童顔は変わらない。寝間着を脱いで作業服に着替えた。

今年の三月に七五歳を迎えたウシ婆さんは同じ村内に住んでいる同級生のツル子やマカトに比べても足腰、背筋もピンとしている。やや細身の身体はツル子やマカトよりも若く見られた。

台所で歯ブラシを取り歯磨きをしながら高窓の格子戸を左手で引いた。外を見ると闇は薄らぎはじめている。

口をすすぎ顔を洗ってタオルで拭くと、どうりん（どうか）蜜蜂が元気で増えていますようにと、東に向かって呟き手を合わせた。

昨夜の残飯をかき集めてビニール袋に入れると、ひょいと掴んで雨戸をあけ鶏小屋へ向かう。三羽の烏骨鶏が啼きながら駆け寄ってきた。

「おはよう、ケイタ、花子、モモコ」

声をかけてエサ箱に残飯を放り込んだ。

烏骨鶏に名前をつけたのは太一だ。太一は知的障害のある十五歳の男の子だが両親はいない。祖母のウシ婆さんとふたり暮らしをしている。

太一が言うには烏骨鶏はニワトリより足の指が一本多いのだという。ニワトリの足は前に三本、後ろに一本あるのだが、烏骨鶏は後ろ指が二本あるんだよ、と教えてくれた。

トリの足は皆同じものだと思っていたウシ婆さんは太一の観察力におどろいた。日頃はおとなしくてあまり喋らない太一だが、なぜか観察力だけはいいようだ。生き物のそれぞれの特長を見分けて名前をつけるのが得意な子だな。もしかしたら太一の頭はいいのかも知れない。

ウシ婆さんが飼育している二百個の巣箱の女王蜂にも太一は名前をつけていった。

四百坪の畑には五十箱を一群として十箱を五列に置いてある。四群あるので全部で二百個とわかりやすい。太一は巣箱の外側を四色の色を塗ってわけた。

「ばばこ、この方が分かりやすいだろう」

太一はうれしそうに言った。

確かにわかりやすいが少し派手ではないかと話そうとしたが、太一が気に入ったならそれでいい、と太一の意見に賛成した。

一群の五十箱には白色のペンキが塗られており、二群の五十箱にはピンク色、三群にはスカイブルー、四群にはイエローというふうに色とりどりの巣箱が縦と横にきちんと並べられている。

巣箱の配置を太一に任せたらいつの間にかこのような形になってしまった。北側にある左端の巣箱から順にルフィ、チョッパー、のび太、サザエ、ドラえもん、マル子、ガリガリ、ムーミン、ゴクウ……など。二百匹の女王蜂に名前がついた。

ウシ婆さんは首を傾げる。女王は雌蜂なのになぜ強そうな男名があるの？　太一の頭の世界では雄の名も雌の名も関係ない不思議な感覚がそうきめたのだろう。太一が満足ならそれもいいではないか。

名前は漫画やアニメ動画のキャラクター名が多いように思うが、なかにはウシ婆さんも知っているクレオパトラやエリザベス、楊貴妃、シンデレラなど、歴史上有名な女王の名もみられた。太一は歴史上有名である女王たちをなぜ知っているのだろうか。誰かに教わったのかそれとも福祉施設で学んだのか、ウシ婆さんには謎だった。

太一は二百箱もある巣箱の女王蜂名を本当に全部覚えているのだろうか。いつかは確かめてみたいものだと、思っていた。


ウシ婆さんは鶏小屋から納屋へ向かって歩くと引き戸を開けて養蜂作業に使う防護服、羽刷毛《はねはけ》、燻煙器《くんえんき》、ハイブツール、牛革の長い手袋、飲み水の入った魔法瓶などを大きなザルに入れた。

タオルで輪っかを作り頭のてっぺんに置くとザルを持ち上げて頭に乗せた。全部合わせても二キロにも満たない重さだった。

家から畑までは約百メートルほど離れている。Ｌ字形の一本道を山手に向かって歩くとゆるやかな上り坂が続いている。

「あい、ウシーよ、今《なよ》からなー」

道半ばほど歩いたところで山手の方から下りてきた電動シニアカートに乗った捻りハチマキ姿の幸吉《こうきち》じいさんが声をかけた。

「あね、幸吉兄さん。おはようございます」

「蜂《はちゃー》んかい、刺さらんきようやー」

幸吉じいさんは今年九十歳になる元気な大先輩だ。かるくあいさつを交わすとシニアカートはゆっくりと坂道を下っていった。

畑についたウシ婆さんは頭からザルを下ろすと眼下に広がる中城湾を眺めながら一息ついて腰を下ろした。

近ごろは、めっきり体力が衰えてきたのを感じる。畑への往来だけでも体力を消耗してしまうのだ。一息入れなければ次の作業にかかれない。まだ元気だからいいものの今後はどうなることやらわからない。太一のためにもあと十年は健康な身体で長生きしたいと、自分自身に言い聞かせた。

畑は三方を山に囲まれたハギ山で地盤が弱くて崩れやすい地形だった。西の山と北の山が絶壁のように立ちはだかっている。特に北のハギ山は鋭く切り立ち地肌がむき出しに見えるので昔からハギ（禿）山と呼ばれていた。

だから畑のことをハギ畑《ばる》と呼んでいる。十数年前に道路拡張工事が行われたが地盤沈下が起こって中止となった。四百坪の畑の周辺にはサシグサ（タチアワユキセンダンソウ）が咲き誇り、巣箱の合間にも白い花を咲かせている。全体が緑一面でそのなかにピンクや黄色、白色、青色の箱がきれいに並べられていた。蜜蜂はサシグサの花が大好きなのである。

ハギ畑は全体的に西から東にかけて緩やかな下り傾斜になっている。巣箱の前面が下に傾くので巣箱を置くには最良な地形だった。大雨が降った場合に巣箱の中に溜った水が巣門《すもん》から流れ出ていく。巣門とは蜜蜂が出入りする入り口のことで七ミリほどの穴が横長に開いている。蜜蜂は日の出とともに巣箱から飛び立って花蜜《かみつ》のある場所へ飛んでいく。

蜜蜂はきれい好きな生き物で巣箱には清掃要員がいていつもきれいに掃除をしている。蜜蜂は巣箱の中で排泄することはない。天気の良い日に蜜蜂は脱糞《だっぷん》旅行に出かける。

ウシ婆さんは防護服を頭からかぶり長靴に履きかえると、燻煙器《くんえんき》の吹き口を開けて段ボール紙を丸めて中に詰めていく。手先が器用ではないので火を起こすためにいつも時間がかかってしまう。

だが太一は器用に火を起こすことができる。何かコツがあるのかねと、訊ねてみるが知らん顔して答えてくれない。

ようやく着火用トーチで段ボールに火を点けると吹子《ふいご》で風を送る。しばらくすると火種ができた。燻煙器から勢いよく白い煙が中空に上昇していった。

夫の太郎が元気な頃はサトウキビ作りに専念して夫婦で収入を得ていたが、しだいにキビ単価が合わなくなり、キビ生産農家が次々と退いていった。そのため近くで長年操業していたN製糖工場も原料のサトウキビが少なくなったため操業を停止し工場を閉鎖した。

サトウキビ作りをあきらめた太郎は農業協同組合から多額の農業資金を借りてビニールハウスを作りキャベツにゴーヤー、ニンジン、ホウレンソウなどの葉野菜を生産して〈道の駅〉等に委託販売という形で出荷した。最初のうちは大いに当たり、これでいけると太郎も喜んだが、次々に農家が参入し同じ産物を作りはじめた。

しだいに価格競争が激しくなって安売りとなって利益は激減した。太郎は借入返済に支障をきたしてしまった。さらに相次ぐ台風の来襲でビニールは破れて吹き飛ばされ骨組みのパイプはへし折られてグニャグニャとなり見る影もなかった。大打撃を受けた太郎に農協への借金とパイプの残骸だけが残ってしまった。

太郎はがっくり肩を落とし、やる気を失っていた。毎日家でごろごろしている太郎にウシ婆さんはグチをこぼすようになった。朝に夕に酒浸りの日々の太郎に嫌気をさしたウシ婆さんは近くのスーパーで清掃員のアルバイトをはじめたが、雀の涙ほどの収入では米代にも事欠いた。これでは孫の太一に栄養をつけることも、ご飯を作ってやることもできなかった。

不甲斐ない夫を叱咤激励し何とか日雇いの土木作業員として働きに出したものの酒で身体が蝕まれていたせいか、太郎は作業中に心筋梗塞を起こしてあっけなく逝った。

夫に先立たれ途方に暮れて生きる望みを失いかけた。だが太一を育てなければ若くして病で逝った娘に申し訳ないという強い思いがウシ婆さんを奮い立たせた。

太郎の四十九日を終えたあくる日、近所に住んでいる神里徳次《かみざととくじ》が訪ねてきた。

「こんにちは、ウシ姉さん。急な話ですが、私と一緒に蜜蜂の飼育をやりませんか?」

徳次は突然切り出した。

「えっ、アヌ、蜂《はちゃー》ナー？」

「そうです。花蜜や花粉を集めるあの蜜蜂ですよ」

笑顔になると目があいているのかわからないほど細目で丸顔の徳次が熱っぽく語った。

「私が見たところハギ畑は地形的にもよく、一面にサシグサが群生しているので蜜蜂の蜜源として最高な場所ですよ。壊れたビニールハウスの残骸をきれいに片付ければ、すぐにでも飼育が始められますよ。私が教えますので太一君も一緒に始めませんか？　皆で蜜蜂を育て出荷量日本一の養蜂王国にしませんか？」

徳次は蜜蜂飼育を強くすすめた。

日本一、養蜂王国と徳次の大げさな物言いに疑問を感じたが、収入があるなら何だってやるさ。ウシ婆さんは一縷《いちる》の望みをかけて翌日から蜜蜂の養蜂手ほどきを受けた。

徳次の養蜂は甘いハチミツを作って売るのではなく、農家へ売買する花粉交配（ポリネーション）用の育成養蜂業のことだった。

巣箱の内部点検と管理こそが養蜂の基本であると徳次は語った。

ウシ婆さんは徳次から五箱の巣箱を分けてもらい翌日から蜜蜂飼育を始めた。やり始めた頃はなんとも蜜蜂に刺され痛い思いをした。ある日は手首を、またある日はまぶたの上を刺されて膨れあがり、まるで四谷怪談の「お岩」さんのような変顔になったこともある。ちっぽけな蜜蜂にも苦痛を与える力があるのかと、ウシ婆さんは知らされた。

内検作業もしだいになれてくると要領がわかり蜂に刺されずにすんだ。一箱三十分もかかっていた内検作業は、今では五分もあれば終了する。

蜜蜂の世界は一つの巣箱に女王蜂一匹と数万の働き蜂と数百の雄蜂のコロニーになっている。女王蜂は大集団のなかで母親であり中心的な存在で体もひときわ大きかった。

食べ物も他の蜂とはちがう。働き蜂や雄蜂はハチミツの食事だが女王蜂はローヤルゼリーのみを食する。働き蜂は成虫になるまで飼育室で二十一日間要するが、女王蜂は王台という特別な部屋で十六日間で誕生していく。

長靴をはいて手袋をし防護服を着けると巣箱のふたをハイブツール（ステンレスのへら）でこじ開ける。今日も元気な羽音が聞こえてくる。ふたを外して燻煙器の煙をやさしく吹きかけてやる。すると蜜蜂たちは我先にと箱の底へ潜りこんでゆく。蜜蜂は煙が大嫌いであった。ウシ婆さんは防護服のポケットから拡大眼鏡のルーペを取り出した。

巣箱の中には巣礎枠《すそわく》というのが三枚から七枚入っており、その巣礎の両面にはびっしりと働き蜂が群がっている。交尾を終えた女王蜂は毎日一千個から二千個の卵を三年間産み続けていく。その卵を数万の雌蜂たちによって育てられる。よい女王蜂が数多ければ多いほど卵を産むので巣箱の数が増えていくのだ。

このルフィの巣箱はだいぶ幼虫が増えてきたな。来週は半分の巣枠を移すとしよう。忘れないうちに巣箱のふたにガムテープを貼りつけた。ポケットからマジックをとるとガムテープに〈来週、巣枠三つ移動〉と書いた。これでよし、ウシ婆さんの仕事はより多くの蜜蜂を増やして巣箱を出荷することだった。

一つの巣箱に数万もいる蜂の群れから一匹の女王蜂を見つけるのは容易なことではない。目が衰えた今、女王蜂を捜すのがつらかった。すぐに見つかるときもあるが、なんど探しても見当たらない場合もある。そんな時は無理して女王蜂を探さなかった。

次の巣箱に移動した。この巣箱はまる子女王か。

「アキサミヨー。あんし増《うふく》なとーる」

この巣箱はすぐに分蜂を要するな。巣礎枠を両手で持ち上げ、女王蜂は健在か、卵は産んでいるか、ハチミツはあるか、蜂数は増えたか、病はないか、花粉はあるか、ダニはいないか等の内部検査をすばやくおこなう。確認がすむと最後に給餌箱に砂糖水を入れて箱のフタを閉じると内検完了だ。内検はその作業の繰り返しだった。

蜜蜂養蜂は徳次から手取り足取り教えてもらい今年で十年目になる。巣箱も二百箱に増えた。わが家の蜜蜂たちは元気に育ってほしいと、願いを込めて作業している。今日も二十箱の内検作業を終えると養蜂道具を片付けた。太一がそろそろ起きている頃で朝食の準備をしなくてはならない。防護服を脱ぐとザルに入れ足早に帰った。

納屋を開けて作業用具を片付けると外の水道水で手を洗い玄関を開けた。柱時計は七時三十分をさしている。すでに起きている太一がテレビの前でゲームに夢中になっているのが見えた。

「太一ー、すぐにごはん作るからねー」

声をかけるが太一の返事はない。

夕べのうちに野菜炒めと味噌汁は作り置いてあったので温めるだけで済んだ。目玉焼きとポークを食卓へ運ぶ。

「うりうり、早《へーく》なあ、食ね《かまん》ぇ」

皿を並べて太一に食べるよう促した。

太一はしぶしぶゲームをやめるとゲーム器を片付けてテーブルについた。箸をとると真っ先に目玉焼きにかぶりついた。早食いの太一はよく噛まずに飲み込んでいく。ゆっくり食べなさいと何度も注意するのだが早食いの癖は一向になおらない。あっという間に食べ終わった。ウシ婆さんは冷たい麦茶をコップに注いで手渡した。

「そろそろ学園のバスが来る頃だよ。着替えて」

着替えの服を準備しながら言った。

八時三十分頃にはいつも福祉施設の送迎バスが太一を迎えにやってくる。太一を学園に送り出すまでは仕事が手につかない。

太一は二年前から〈知的障害者福祉施設　しらとり学園〉を利用していた。着替えが済んだころにタイミング良く小型の送迎バスが到着した。

「太一くーん。おはようございます」

元気のいい明るい声の佐渡山貴子《さどやまたかこ》支援員が微笑みながら太一に近づいていった。

「ありあり、早行《へーく》かんねえ」

太一を急かし靴を履くよう促した。

靴を履いた太一は背中に青いリュックサックを背負うと足早でバスに乗り込んだ。

「太一。よく先生のいう事を聞いて作業《しょうやー》するんだよ」

「では、おばあちゃん、行ってきます」

「おねがいします、先生」

お辞儀すると貴子はペコっと頭を下げてバスへ乗りこみ、発車よし、と声をだし片手を振った。

バスの中には太一と同じ年頃の男女が数人座っているのがみえた。ウシ婆さんはバスを見送りながら亡くなった一人娘のことを思い浮かべた。

ウシ婆さんには娘が一人いたが、県内の大学を卒業すると那覇市内に事務所を構えるヤマト企業の大手建設会社へ事務職員として就職した。夫の太郎は娘の敬子がヤマトの企業で働くのに反対した。

「なにもヤマトンチュの会社で働くことはない。県内には郷土のいい企業がいくらでもあるのだ。ヤマトンチュは昔から琉球人をだまして利用し利益をむさぼってきた。そんな奴らの手足になるな」

太郎は根っからの日本人嫌いだった。

ご先祖様は吉《よし》之《の》浦《うら》親雲上《ぺーちん》という人物で琉球士族だった。士族の血筋のせいか太郎はいまだに県外の人や外国人に対して嫌悪感を抱いている。

ヤマト企業に勤める理由は給料がいいのと東京本社へ出張があるということで大手建設会社を選んだ敬子だったが、太郎はそれも気にくわなかった。

親の反対を押し切ってヤマト企業に就職した敬子が二年経ったある日、妻子ある日本人《やまとんちゅ》とつきあい恋に落ちた。男は妻子と別れて敬子と結婚したいと言っているようだ。敬子は彼と結婚したいので認めてほしいとウシ婆さんに申し出た。

ウシ婆さんは小さい眼を大きく見開いて即座に反対した。妻子ある男との結婚ができるはずはない。男にだまされているだけだと言って絶対に許さなかった。それを聞いた太郎は激怒し娘を罵った。

「妻子あるヤマトゥ男と一緒になるだと？　わしはご先祖様に顔向けができん。絶対に許さんぞ。その男とどうしても一緒になるというならこの家を出て行け」

「そうだよ、敬子。妻子ある男はダメだよ。頼むからもう一度、冷静になって考え直しておくれよ」

小さいころから敬子は言い出したら聞かない意地っ張りな所があった。負けず嫌いで納得するまでやり通す性格だった。可愛い一人娘にはちゃんとした結婚をして欲しいと望んでいたが、突然の敬子の告白に心臓が飛び出るほど驚いた。意地っ張りな性格は成人しても治らなかった。そんな敬子をウシ婆さんは案じた。

両親に猛反対された娘はしばらくふさぎ込んで家に閉じこもっていたが、数日後、だまって家を飛び出した。

それから三年の月日が経ったある日、一通の手紙が郵便受けに入いっていた。ウシ婆さん宛だった。送り先は東京女子医科大学病院とあった。

急いで開封して読むと、

〈吉之浦敬子様が当病院に入院していますので急ぎご来院いただきたい〉という内容だった。

ウシ婆さんは腰を抜かすほど驚いた。三年も音信不通だった娘が病気だったとは？　どこかで元気で働いているのだろうと思い続けていたのに、まさか入院しているとは思わなかった。

翌日、東京行きの航空券を購入して那覇空港から朝の早い便に乗って東京へ発った。敬子の好きなポークとちんすこうを買って土産にした。

羽田空港に着いた。モノレールに乗り浜松町で降りる。駅員に電車の乗り方を教えてもらい山手線に乗って新宿までたどり着いた。新宿駅の人の多さに驚きながらも出口がわからずおろおろと迷い、駅員に教えてもらってやっと西口へ出た。

飛行機に乗るのも電車に乗るのも生まれて初めてのことだった。ようやく駅から出てタクシーを拾うと東京女子医科大学病院まで行くよう伝えた。

タクシーから降りたウシ婆さんは大きな病院に目を白黒させながら案内カウンターで病室を聞いて六階に急いだ。

六〇三号室の個室に敬子がいた。三年ぶりに親子は対面した。顔を見た瞬間、ふたりとも無言で涙を流すばかりだった。久しぶりに会った娘はやつれた顔で頬がこけていた。

「けいこー、どうしたんだい。こんなにやせ細ってしまって」

「かあさん、ごめん」

敬子は上半身を起こして詫びた。

敬子の自慢の長い髪の毛は無く頭を隠すように柔らかそうな布のかぶり物をしていた。

「わたし、白血病なの。放射線治療で髪がなくなった。あまり長く生きられないわ」

敬子がぽつりと言った。

敬子の突然の告白にウシ婆さんは目を丸くして言葉を失った。

「バカなことをいうもんじゃない。だいじょうぶさあ、きっとよくなるさあ。いまは医学もすすんでおり、偉い先生方もたくさんいるだろう。お月様まで行く時代だよ。治らない病気はないさあ」

かろうじて気丈にふるまってみたものの自分でもぎこちなさがわかった。

「この病気はね、現代医学でも治せないらしいの」

「あきらめたらだめだよ。きっとよくなるさ。希望を持つんだよ」

「わたしにはわかるの。そう長くないって。だから母さん、お願いよ。親不孝な娘の頼みを聞いてください」

敬子は母を見つめて哀願した。

敬子には三歳になる一人息子の太一がいると言った。ウシ婆さんは初めて孫がいることを知った。敬子が勤めていた大手建設会社の課長だった男が大阪へ転勤になった際に敬子も男の後を追いかけて大阪へ行ったという。

男は妻と離縁して敬子と一緒に暮らすと約束したようだが、男の妻の実家から猛反対にあって離婚はできず、敬子は男の妾同様の生活をした。

すでに敬子のお腹には太一が宿り妊娠四ヶ月だった。男は堕ろすようにと敬子にしつこく詰め寄ったが、敬子は頑なに拒んだ。その日を境に二人の関係は急激に冷めていった。

翌年には太一が生まれ、喜んだのもつかの間、太一が普通の子と違って障害を持っていることがわかると、男は敬子と太一を見捨てて姿をくらましたという。

なんと無責任な男だと怒り心頭に達したが、やつれた敬子の姿をみると哀れであった。娘は結婚に後悔しながらも太一を育てるため昼夜必死に働いたらしい。

今年の一月にパート先で倒れ救急車で運ばれたと言った。医者からは白血病と診断された。

「おかあさん、私が死んだら太一の面倒を見てください。お願いします。この通りです。親不孝者の私の一生のお願いよ。こんなわがままな娘を許してください、お母さん」

敬子は涙ながらに頭を下げた。

「馬鹿なことを言うもんじゃない。おまえの病は必ず治るさあ。孫の太一のことはなにも心配せんでいい。それより早く元気になって沖縄へかえろう」

敬子の手を取り弱々しい声で励ました。

それから二ヶ月後、容態が急変した敬子は治療の甲斐もなく太一を残して二十八歳の若さで逝ってしまった。

二

神里徳次は沖縄県庁の農林水産部の職員だったが、三年前に父を亡くした。徳次は退職し父が運営していたマンゴー園を引き継いだ。徳次は甘いマンゴーを作りながら隣の畑で蜜蜂飼育の養蜂業もおこなっていた。

ウシ婆さんは子供の頃から徳次をよく知っている。とても利発で明るい少年だった。徳次が我が家に遊びに来ると夫の太郎は竹細工で鳥かごの作り方やザルの作り方を教えた。

徳次が家に来るたびに黒糖で作った卵がたっぷり入った四角いサーターアンダギー（油で揚げた菓子）を食べさせた。サーターアンダギーは丸いものが一般的だが四角い形のサーターアンダギーはウシ婆さんの特製だった。

また徳次が琉球大学に合格した時にはわが村で初の琉大生だと言って喜び、太郎はパーカーの万年筆をプレゼントした。

大学を卒業した徳次は県庁へ就職が決まったと、長崎カステラを持って太郎にあいさつにきた。


徳次はマンゴー園の作業を終えるとウシ婆さんの自宅を訪れ、蜜蜂の管理や女王蜂の増やし方を教えた。

「だから今、沖縄で大量の蜜蜂を育てるのですよ。荒れ地になった畑にどんどん草花を植えて蜜源を作るのです。草花を植えるのはおじいちゃんやおばあちゃんにもできる仕事です」

「そうだね。サシグサやシロツメ草を植えるのは誰にもできるさあ」

感心しながら話の続きを待った。

徳次はさらに言葉をつないだ。

蜜蜂が少なくなった原因は蜂特有の伝染病もあるが、大量にまかれた農薬のせいだと徳次は言った。

農業のあり方もこれまでの露地栽培ではなくビニールハウス栽培方式に移行しているという。そのためハウス内での蜜蜂の花粉交配（ポリネーション）が必要であり、イチゴ、メロン、トマトなどは、蜜蜂の花粉媒介で作ると最高の果物がみのる。

沖縄の蜜蜂なしでは全国のハウス栽培の果物や野菜は作れないと徳次は声高に説明した。

「そうか、ウチナーや高校球児だけが甲子園で活躍しているのではないんだね。ウチナーぬ蜜蜂《はちゃー》ん頑張とうさや」

ウシ婆さんは小さな蜜蜂が愛しくなってきた。

蜜蜂がいないと人類は数年後に滅ぶとアインシュタイン博士が予言している、とも徳次は言った。

徳次は小さいころから利発でユーリキヤー（秀才）だったが、今でも変わらない。マンゴー園の経営者に養蜂事業家で大繁盛している。新たに農地を借りて大量に巣箱を増やした。さらに老人デイサービスの経営もする多忙な社長さんになっていた。

もっと年を取って働けなくなったら自分も徳次のデイサービスを利用したいと思っている。


日曜日の朝、作業服に着替えてザルを頭に乗せ太一を連れて畑に向かった。明日は五十箱の蜜蜂出荷日である。これで冬期出荷分は最後で合計で二百箱は出荷したことになる。最後の出荷作業の大部分は昨日までに終わらせたが、どうしてもできない力仕事がまだ残っていた。

分蜂《ぶんぽう》した出荷用五十箱を畑の入り口付近へ運んで置かばねばならなかった。ウシ婆さんの細腕では蜂の詰まった巣箱を運ぶことは無理なので太一の腕力を必要とした。太一の存在は大きかった。草取りや後片付け作業は比較にならないほど劣るが、力仕事や巣箱の管理に関してはウシ婆さんもかなわない。この子は本当に知的障害者なのだろうかと、ふと思うときがある。

「いいかい、ここにある小さな巣箱を全部向こうまで運ぶんだよ」

「わかったよ、ばばこ。ルフィとガリガリは運ばなくていいの？」

太一はウシ婆さんのことを小さい頃から〈ばばこ〉と呼んだ。

「ああ、今回はいいよ。巣箱のふたに赤いテープが貼ってあるだろう、その箱だけを運べばいいさあ」

ザルから防護服をとり太一に手渡そうとした。

「太一、蜂に刺されるからこれを着けて」

「いらない。刺されないもん」

はっ？　蜂に刺されないって？　徳次でさえ防護服をつけて作業するというの

に、この子は防護服を拒否した。本当に刺されないのか。大丈夫なのだろうかと気をもんだ。

太一は防護服を受け取らず両手で巣箱を持つと足早に畑の入り口付近まで運んで行く。巣箱を運びながら何やらブツブツ呟いている。

出荷用巣箱に入っている三枚の巣礎枠《すそわく》、給餌箱《きゅうじばこ》が移動中に動かないようにと釘や押しピン等でしっかり固定してある。巣門《すもん》も蜂が移動中に外へ出入りができないように扉を下ろして閉じてある。

障害はあってもやはり男の子だ。太一は若者らしく額に汗をかきながら次つぎに運んでいった。いつから太一は独り言をいうようになったのだろうか、これまでの太一の行動で見たことがなかった。太一は一つの巣箱を運びながら何やら呟いていたが、ウシ婆さんに近づいてきて、急に母親の話を切り出した。

「ね、ばばこ。たいちの母さんはどうしていないの?」

「おまえの母さんはね、若いときに病気で亡くなったんだよ。いまは天国にいるさあ」

「ふーん。天国に行く前はどこにいたの？」

「東京の病院だったさあ。太一は東京で生まれたんだよ」

「ねえ、母さんの病院って、どこの病院だったの」

「たしか東京……女子医科だ……大学病院という難しい名前の大きな病院だったさ。太一がね、三歳のときだったかな」

ウシ婆さんはあの日の敬子のことを思い浮かべながら太一に話して聞かせた。

「ふーん」

太一は再び出荷用巣箱を運ぶとまたブツブツん言い出した。

「くぬ童《わらび》や巣箱んかい何《ぬー》を喋って《あびてぃ》歩《あっちょう》がや」

太一の働きで五十個の巣箱を運ぶのに一時間もかからなかった。全部運び終えた太一は、額の汗を手の甲でぬぐいながらザルに入っている魔法瓶を取り出した。冷たいお茶を紙コップに注ぐと一気に飲みほした。

一息ついた太一は隠し持っていたマジックを手に運び出した巣箱に近づいて行った。出荷箱の前にしゃがみ込むとふたの横に小さく女王蜂の名前を書きながら時々頷いている。

いつ頃からそうなったかは知らないが、太一は生き物に名前をつけたがる癖と時刻表へのこだわりがあった。ある日、太一のリュックサックがぱんぱんに膨らんでいるのに気がついて開けてみたら動物の絵本や飛行機やバス、客船や貨物船入港から出港、新幹線に至るまでの全国交通機関誌・時刻表の冊子等が入っていた。

「あいーなー、又ん焦《あちみ》てーさや」

これで三度目だった　ウシ婆さんは時刻表の冊子やパンフレット、を全部取り出してちり箱に捨てた。

「太一、カバンかい、よけいな物を入れてーならんどう」

小さな三角の目をつりあげて注意したことがあった。

巣箱に名前を書いていた太一が突然大きな声で、

「ばばこー、キタローもミッキーもケイコもどこへも行きたくないって泣いてるよ」

大きな声で叫んだ。

「えー、何だって？」

「女王たちがね。畑から出たくないって。行きたくないって。だから車に積むのをやめようよ」

「えー、嘘《ゆくしむにー》や言わないで《あびらんどう》。太一には蜜蜂の声が聞こえるのか。もうすぐ徳次さんがやってくるよ。今回の五十箱はね、お客様からの注文だからしかたがないさあ。またすぐに蜂は増えるから」

太一の言葉を聞きながらして出荷の準備をした。

「ばばこがダメだって。ごめんね」

太一が悲しそうな顔で呟いている。

慣れ親しんだ愛しい蜜蜂との別れがつらいのはよくわかる。ウシ婆さんは巣箱に書かれた女王蜂名をそっとのぞいてみた。

〈しんちゃん、ミッキー、ドナルド、ウルトラマン、アンパンマン、しずか、キタロウ、ネズミ男、そしてケイコ〉と五十箱には女王の名前が書かれていた。

「ん、ケイコ？　歌手の藤圭子かな。はて、どのアニメにでてくるキャラクターの子だったかの」

太一の書いた女王名を一通り確認したがケイコ女王がどのアニメに登場したのか思いだせなかった。

太一が出荷巣箱全部に名前を書きおえた時、大きなトラックが緩やかな坂道を上がってくるのが見えた。トラックは畑の前で止まった。車から作業服を着けた男たちが降りてきた。

「おはよう、ウシ姉さん、太一くん。出荷の準備はできたかな」

「あい、徳次さん。待っちょうたんどう。巣箱は太一が全部ひとりで運びだしてくれたさあ」

「そうですか。太一、えらいな。よし、ご褒美をあげよう」

徳次は上着のポケットからビスケットを取り出した。

「ありがとう。とくじ社長さん」

太一はすぐにビスケットの封を開けると口に放りこんだ。

「では、さっと内検してみましょうかな」

徳次と他の男は太一が並べた巣箱のふたを開けランダムに蜜蜂の状態を確認しはじめた。

蜜蜂を出荷するにはいくつかの条件がある。条件を満たさなければその箱は出荷できない。まず有王群《ゆうおうぐん》（女王在）であること、働き蜂が約一万匹以上いること、蜜の貯蔵と卵、サナギが七〇％ほどあること、働き蜂が元気であること等だった。

数箱を見た徳次は、

「とても出来具合がいいですよ。ウシ姉さんの蜂は農家の皆さんから優秀な巣箱だと大変な人気なんですよ」

「へー、本当《ふんとう》なー。うれしいさあ」

「今月分の出荷は本日四月七日で終わりです。また次回は九月から十二月にかけてスタートしますのでよろしく」

徳次は次回の出荷日は二十回あると言った。

出荷用巣箱の構成は巣礎枠三枚を入れて約一万匹を送るのだが、ウシ婆さんは毎回三千匹ほど多く働き蜂を入れて出していた。

徳次は一緒にきた若者二人に巣箱をトラックに積み込むよう指示した。五十箱の巣箱が次々と積み込まれていった。

荷台にはウシ婆さんの巣箱のほかに徳次さんの巣箱が大量につまれていた。合計で二百箱くらいはあるようにみえた。これらを那覇の港まで運んでいく。港に着いた巣箱は冷蔵用コンテナに移し替えられて貨物船に積まれるようだ。

養蜂家は全国に多数いるようだが、本土のほとんどの業者は夏場だけの養蜂になる。冬場は巣箱需要には応じきれない。一年中暖かい沖縄は蜜蜂の飼育に絶好な立地条件にあり、養蜂業に恵まれている。全国の養蜂業関係者が今、暖かい沖縄に注目しているという。ハウス栽培農家の人たちは主にメロン、トマト、ゴーヤー、ししとう、柿、さくらんぼ、マンゴー、瓜類などを栽培している。特にイチゴの生産は沖縄の蜜蜂がいなければ大打撃を受けるようだ。毎年クリスマスケーキに飾られている甘いイチゴがあるのは沖縄の蜜蜂が活躍しているおかげである。

徳次のもとには他県の農家からも数百個単位で巣箱の注文があるらしいが蜜蜂の生産が間に合わないとお断りをしているようだ。

「これから港に運んで明日の朝早く出航する船に積み込みます」

「この蜜蜂たちは明日の午前六時那覇新港発の琉球エキスプレス3で東京有明港にいくの？」

突然、太一が横から訊いた。

「そうだが、なぜわかったんだい？」

徳次は驚いて太一の顔を見たが、太一は巣箱の置いてある畑の方へ駆けだした。

「徳次さん、この子けね、バスや飛行機、新幹線、客船、貨物船などの出発や到着時間を全部覚えているようだよ。今回も事前に調べたんでしょうね。先ほども女王蜂たちが出荷は嫌だと、泣いていると訳の分からないことを言ってね」

徳次にそっと耳打ちした。

「蜂が泣いて出荷は嫌だといったんですか？　太一は蜜蜂と話ができるのかな」

「子供のいうことだから気にしないで。うり、車で飲んでね」

クーラーボックスから冷たい缶コーヒーを取りだすと徳次に三本手渡たした。

「ありがとう。では、これで失礼します」

徳次はコーヒーを受け取ると助手席に乗り込んだ。

トラックはブルンと身震いしてゆっくりと走りはじめた。

「キタロー、ミッキー、ケイコー。バイバーイ」

太一は走り去っていくトラックに向かい手を振っていた。

三

　前半期の出荷件数二百箱を終えて三日が経った。

　しばらくはのんびりとしながらウシ婆さんは過ごした。今後は次回の出荷に向けて準備していけばいい。沖縄はやがて梅雨に入る。

　梅雨もいやだが夏がやってきて台風の時期は最悪な季節となる。養蜂家にとって最も大変なのは台風対策なのだ。

　いつものように蜜蜂の内検を終えて畑から帰ってきたウシ婆さんは夕食の準備を始めた。今夜は太一の好物のカレーライスと卵焼きを作った。

久しぶりに烏骨鶏が卵を三個産んだ。そういえば太一がいつか烏骨鶏の卵について話したことがあった。

「烏骨鶏はね、不老不死のトリで霊鳥とよばれているんだぜ。だから卵は不老不死の食材でとても高いんだよ。ニワトリの卵より少し小さくて赤いけど、卵を産む回数もニワトリより少ない。だけど栄養はとても高いんだよ」

太一は烏骨鶏の卵は希少価値の高いものであると言う。

料理を終えたウシ婆さんはちらっと柱時計を見た。いつもなら五時過ぎ頃に福祉施設の送迎バスが着く時間だが、六時を過ぎてもまだこない。

外が薄暗くなり始めた時、一台のバイクが家の前に止まった。ヘルメットを外しながら足早に駆け寄ってくる女が見える。

「こんばんは」

「あい、貴子先生やあらに」

「すみません。じつは太一君がみあたらないのです。施設から外へ出たようなんです」

「あいなー、くぬ童《わらばー》や」

「午前の作業中は園内で草花に水掛けをしていたのですが、午後の作業が始まる直前になって太一君が見つからないのです。今まで職員が手分けして探していたのですが、まだ見つかっていません。もしかしたら一人で家に帰ったのではないかと思いこちらにきたのですが……」

「太一や、なーま帰《けーとぅ》ねーんしが」

「そうですか。いま全職員が手分けして太一君を探しています」

貴子はウシ婆さんに心配をかけないように声をおとし落ち着いた口調で話した。

「何処《まあかい》に行じゃがやー」

「もし見つからない場合は警察署へも連絡して協力をお願いするつもりです。また状況がわかりしだいご連絡します」

一礼すると貴子はバイクにまたがりエンジンをかけた。

福祉施設では全職員が手分けして那覇市内のデパートやスーパーマーケット、家電センター、ボウリング場、浦添、南風原《はえばる》の公園や本屋さんコンビニなどを遅くまで探し回っていた。

ウシ婆さんはちゃぶ台に夕食を並べて太一が帰るのをずっと待ち続けた。だが九時を過ぎても太一は帰ってこなかった。三年前のある日のことを思い出した。

太一が特別支援学校を卒業して初めて福祉施設を利用した時のことだった。園芸作業中に突然学園から失踪して行方をくらましたことがあった。

その時も施設職員が全員で捜索し警察やバス会社、タクシー会社にも協力をお願いしたようだ。次の日の朝方になって名護バスターミナルセンターの守衛から福祉施設に電話があった。太一を保護していると。その日のうちに施設職員が迎えに行ったことがあった。

そのときの失踪理由を後ほど訊ねると、那覇から名護行きのバスは本当に定刻通りに終点に到着するのだろうか。時間を確かめてみたかったと告げた。ウシ婆さんにはとても考えられない太一の行動だったが、太一を咎めることはしなかった。

太一の逃亡劇は今回で二度目だな、と思い至ったときに電話が鳴った。貴子先生からだった。

「まだ太一君は見つかりません。今も捜索中です。この数日に太一くんは自宅でなにか変わった動きをしていなかったでしょうか?」

「変わったこと? さあ、特になかったがねー」

「そうですか。施設でもいつもと変わりませんでしたが、いなくなった原因がわからないものですから。またご連絡します」

貴子は電話を切った。

太一は自閉症気味のダウン症の知的障害者だが記憶力はすばらしいのをもっていた。

職員の車両番号もすべて覚えていたり、来年の五月五日は何曜日か、質問をすると即座に答える。自分の興味のあるものは一度見ると忘れないようだ。

このような驚異的な能力はサヴァン症候群と呼ばれているらしいが、テレビで見た〈裸の大将の山下清〉もその中の一人だと施設の職員から聞いたことがある。

貴子はネットで調べてみた。

サヴァン症候群とは知的障害や自閉症などの障害のある人が、ごく特定の分野に突出した能力を発揮する人や症状を言う。記憶力や、芸術、計算などに高い能力を有する人。とあった。

ウシ婆さんはここ二、三日前の事を思い浮かべてみたが、べつに太一に変わった様子はなく、失踪の原因は思い浮かばなかった。

ただこの前、五十箱の巣箱を出荷した時に〈ケイコ〉と書かれた巣箱があったのを思い出した。その時太一は巣箱に向かってなにやらブツブツと独り言をしゃべっているようだった。

この時はケイコという名はてっきり漫画やテレビアニメのキャラクター名だと思っていたが、もしかしたらあれは母親の〈敬子〉の名前だったのだろうか。

そう言えばあの日、太一は妙に母親のことを訊いていた。ふだんは何も言わない太一がなぜあの日に限って母親のことを訊いたのだろうか。それが今回の家出と何の関係があるのだろうか？　ウシ婆さんはちゃぶ台の前に座り長いこと考えてみたが、結局太一の動きを読み解くことができなかった。

このような些細なことを貴子先生に知らせるべきだろうかと迷ったが、太一が蜜蜂と話していたようだと言っても笑いながらして信じてもらえないだろう。このことは貴子先生には黙っていよう。前回みたいに二、三日したら帰ってくるかもしれないと楽観していた。ところが三日が過ぎ、四日の夜になっても太一は戻らなかった。

さすがにウシ婆さんは夜も眠れず食事も喉を通らない日々が続いた。これだけ皆で探しているというのに、やな童《わらばー》や、何処《まあかい》に行じゃがやー。太一はどこに雲隠れしたのか。ウシ婆さんはただオロオロと家の中を歩き回るしかなかった。

太一が失踪してから十日目の朝を迎えたが、まだ連絡はなかった。

気になったウシ婆さんは食事も喉を通らず、心配で何度も施設職員の佐渡山貴子へ電話を入れたが、状況は変わらなかった。ウシ婆さんは心配のあまり再び徳次の会社を尋ねた。

徳次は作業所で新しい巣箱を作っていた。作業場には卓上型の電動ノコギリ、ジグソー、ドリル、トリーマー、インパクト等の電動工具があった。壁側には組み立て作業ができるL字型作業台があり、作りかけの巣箱がいくつかあった。徳次の巣箱はすべて手作りのものを使っているという。

ウシ婆さんは作業中の徳次に太一がまだ見つからないといい、捜索に力を貸してほしいと頭を下げて頼んだ。

「そうですか。まだ見つかりませんか?」

徳次はすぐに動いて友人や知人、関係会社などに電話をかけまくり太一のことを頼んでいった。

家にいても食事ものどを通らないウシ婆さんは、とても蜜蜂の世話をする余裕がなかった。いつもなら夢の中でも蜜蜂のことを考えている。卵に幼虫やサナギ、巣《す》枠《わく》、蜜蝋《みつろう》で頭がいっぱいになるのだが今はそれどころではなかった。ただ家の中を歩き回っては外を眺め仏壇に線香を点して掌をあわせた。

「さり、神様仏様、吉之浦家のご先祖様、太郎様、敬子様、蜜蜂様、孫ぬ太一が家出そういびーん。助《たしきてぃ》きみそうり。無事に家《やー》に帰《けえ》ーて来《くう》よう願《うにげー》さびら。ウートーウトー」

仏間には吉之浦家の曾祖父、祖父、父、太郎、敬子の写真が並んで飾られている。ウシ婆さんは毎月朔日《ついたち》と十五日のウ茶トゥを欠かしたことがなかった。だが太一が行方不明になった日から毎日欠かさず祈り続けている。

いつもなら畑に行って仕事をしている時間だが、気力がないので部屋にぼんやりと座り込んだ。太一や、どこにいるんだ。早く帰って来て、と心で叫んだ。午前十一時を回った頃に電話が鳴り響いた。

「もしもし、吉之浦さんですか」

貴子先生の声がした。

「おばあちゃん、太一君が、太一くんが東京でみつかりましたよ」

貴子先生が声高に言った。

「えーっ、東京？」

「はい、東京で保護されました。東京の新宿西口交番所から今朝、電話がありました。太一君は元気ですのでご安心ください。明日にでも迎えに行くと思いますが、とりあえずご連絡します」

「そうかい、太一は元気かい。よかったさあ。ありがとう、貴子先生。太一をよろしくお願いします」

頭を下げてお礼を言うと電話を切った。

太一と東京の接点はないはずなのに、どうして太一は東京なんかに行ったんだろうか。いつも太一の奇抜な行動には驚かされてきたが、今回だけはどうしてもわからない。でも無事に見つかったのは何よりもうれしいことだ。ご先祖様へのお祈りが効いたのだろうか、あるいは蜜蜂大明神のご利益なのか。ウシ婆さんはすぐに太一の無事をご先祖様へ線香を点し報告した。

貴子先生の電話の内容はこうだった。

施設長の指示で吉之浦太一の捜索範囲を広げていった。貴子は太一の顔写真入りの〈探し人協力願い〉のコピー紙をもって那覇新港や那覇空港へも足を延ばして出向いた。

顔写真の用紙には、

身長一五八センチ。体重五一キロ。スポーツ刈り。黄色いポロシャツ。青のジーンズに白いズック。

連絡先は知的障害者福祉施設　しらとり学園

最後に電話番号を記した。

那覇空港に行ったとき、全日空の搭乗カウンターの受付職員が貴子に近づいてきて太一の写真をじっと見つめて首を傾げた。

「この人でしたら東京行き午後の便に乗りましたよ。私がご案内いたしましたので覚えております」

髪の長い細面の女性職員は太一の写真を見て言った。

「えっ、本当ですか。この子に間違いありませんか？　搭乗したのはいつですか？」

「搭乗日は四月十日でしたね。無口なお客様で背中に大きなリュックを背負っていたのでよく覚ています」

やっと手がかりをつかんだ貴子はカウンター嬢に頭を下げてお礼を言うと施設へ急いだ。

太一は施設を飛び出すとその日のうちで東京行きの便に乗ったことがわかった。今日は四月の二十日。太一がいなくなったのは四月十日だ。十日前の飛行機に乗ったことになる。

（なぜ東京へ？　お金は？　もしや計画的？　太一くんにいったい何があったのだろうか？）

貴子はいなくなる前の施設内での出来事を思い浮かべてみたが、太一の様子はこれまでと変わらない様子だった。では自宅で何か変わったことはなかったのか？

貴子はウシ婆さんに電話をかけてみた。日曜日に畑へ連れて行き巣箱の運搬を手伝わせた以外は特に変わったことはないと言った。

太一の突然の東京行きに貴子は戸惑うと同時に障害者への支援の難しさをあらためて痛感した。貴子は福祉支援員になって七年になるが、このように大胆な行動に走る子は初めてだった。

空港から戻った貴子は施設長に呼ばれた。

施設長は貴子に明朝太一を迎えに行くようにと出張を命じた。

貴子は急いで飛行機の手配をすると翌日の全日空一便で東京へ発つことになった。その旨をウシ婆さんにも電話で伝えた。ウシ婆さんは涙声でくれぐれも太一のことをよろしくお願いしますと、繰り返して頼んだ。

四月二十一日早朝、貴子が全日空カウンターで受付を終え搭乗しようとしたら中年の男に声をかけられた。

「しらとり学園職員の佐渡山貴子さんですか？」

「はい。そうですが」

「私は神里徳次と申します。ウシ姉さんから貴女と一緒に太一を迎えに行ってほしいと頼まれました。よろしくお願いします」

「そうでしたか。あなたが蜜蜂を飼育なさっている神里社長さんですか。太一君が社長さんのことを〈ミツバチ先生〉と言ってよく話してくれました」

「そうですか、太一が。じつは私も岐阜県へ仕事で出かけるところでした。それで昨夜ウシ姉さんから太一のことを頼まれた時には喜んで引き受けたしだいです。東京までのご同行よろしく」

「こちらこそ、よろしくお願いします」

「これは着替えと太一の好きなサーターアンダギーです。ウシ姉さんから貴子さんに手渡すように頼まれました」

貴子が袋を受け取ると搭乗案内がアナウンスされた。

二人は小さな手荷物を持って搭乗口ゲートを歩いて搭乗した。

貴子は前部座席に座り、神里徳次は後方の座席についた。

機内から見下ろす海上は色とりどりに変化していて美しかった。

海を眺めていたら昨日のウシ婆さんとの会話を思い出した。

「貴子先生よ。もし太一に何かあったらこの吉之浦家は断絶になるさあ。私の願いはね、太一にお嫁さんがくることだよ。太一が健常者ならなにも心配することはないさあ。だがご存じの通り太一は障害者だからね。奇跡というのは起こるのかね。太一には土地もある。家もある。畑もある。貯金だってあるさあ。無いのはお嫁さんだけだよ。だれか太一のお嫁さんになってくれる人はいませんかね」

と涙声で呟いていた。

「だいじょうぶですよ、ウシさん。必ずいい女性《ひと》がみつかりますよ。まだ太一くんは若いですので待ちましょうよ」

ウシ婆さんが太一の将来を案じる気持ちは痛いほどわかる。

身寄りのない者や障害を持った者が保護される『成年後見人制度』という法律はあるが、成年後見人は被後見人の財産を把握し、これを管理するのが目的で日ごろの生活に寄り添ってくれる訳ではなく、その制度だけで弱者は救われ、問題が解決できるというものでもないようだ。最近は成年後見人による不祥事が報道されている。

いろいろとあれこれ考えているうちにいつの間にかまぶたを閉じていた。

四

羽田空港に着いた貴子と徳次はモノレールに乗って浜松町へ向かった。徳次は小さなカバンを手にしていた。窓際から見える東京の海はどんよりと濁っている。灰色の水を見て、あらためて貴子は沖縄の海の美しさに誇りを持った。

三十分ほど揺られると浜松町に着いた。足早に歩くと三番ホームからでるＪＲの山手線外回りに乗りかえた。貴子は太一がどんな顔をして待っているのだろうかと思い浮かべたが、にこりと笑っているいつもの顔しか浮かばなかった。

しばらくすると新宿に着いた。

「貴子さん、太一はどこにいますか？」

「新宿西口交番所で保護されているそうです」

「わかりました。ではこちらの方から行きましょう」

徳次は旅慣れているらしく広い新宿駅を迷うことなく西口に向かって歩き始めた。西口の改札口を出て地下ロータリーへ向かう途中の右手に交番所はあった。

大勢の人が周辺に集まっていた。新聞を読んでいる会社員らしき者や携帯で喋っている若い女性など、ここは待ち合わせ場所の定番だよ、と徳次が教えてくれた。

交番入り口の左右の壁にはいろいろなポスターが貼られている。中に入ると貴子は明るい声で警察官に挨拶した。

「こんにちは。佐藤警察官はいらっしゃいますか」

「あなたは？」

色白の若い警察官が訊いた。

「私はしらとり学園の佐渡山と申します。ここにお世話になっている吉之浦太一君をお迎えにきました」

「ああ、あの子の……少々お待ちください」

若い警察官は奥のドアを開けて誰かに何か伝えている。

「どうぞ中へお入りください」

ドアの奥から声が聞こえた。

若い警察官へ会釈をして貴子と徳次は奥の部屋へ入っていった。

「この度はどうも大変ご迷惑をおかけいたしました」

貴子は深々と頭を下げた。

「佐藤です」

と言って待ちかねていたように笑顔で迎えてくれた。太一は意気消沈している様子で、ちらりと貴子を見るとイスに座ったまま俯いた。疲れているようだ。

「太一くん」

貴子は太一の前にしゃがみ込み、笑顔で両手を握りしめた。

十一日ぶりの再会だが太一はばつが悪そうに横を向き下目線になった。太一の身体からボロ雑巾みたいな汗の臭いがした。

（もしや一度もお風呂に入っていないのか？）

太一に訊ねようとしたとき、

「太一、元気にしていたかい」

徳次が声をかけたので貴子は質問を喉の奥に押し込めた。

貴子は用意された書類に署名し、身元引き受け手続きを済ませた。

「さあ、太一くん、帰るわよ。リュックを持って」

貴子は立ち上がると佐藤警察官へ丁寧にお辞儀をした。

貴子、徳次、太一の三人は西口交番所を後にするとしばらく新宿の街を歩いた。

リュックを背負った太一は叱られると思っているのか、うつむき加減で歩幅を小さくして歩いている。一メートル離れて歩いても太一の臭いが貴子の鼻腔に漂う。

（ホテルにチェックインしたらすぐにお風呂に入れなくちゃ）

「太一君、きみはえらいな。一人で東京まで行けるなんてすごいよ」

貴子は太一の失踪を咎めるのではなく沖縄から東京まで一人で旅したことを笑顔でほめた。

一瞬、太一の顔が明るくなったのを貴子は見逃さなかった。

「太一、おなかがすいただろう。貴子さん、食事にしよう」

徳次が腕時計を見ながらいった。

すでに午後一時を過ぎていた。急に貴子の腹の虫がなった。今朝はコーヒーとトースト一枚だけだった。

「おなかすいたね、太一君は何が食べたいかな?」

貴子が訊いた。

「ぼく、カレーライス」

太一が重い口を開いていった。

「そうか、太一はカレーが好きだったな。ばあちゃんが話してたよ」

前を歩いている徳次が振り向いて言った。

「ではあの角にある店にしようか」

大きな看板には和食、洋食、中華料理と書かれていた。

三人はレストランのドアを開けて入った。

太一はリュックを背負ったままイスに座った。太一の横には貴子が座り向かいに徳次が腰掛けた。三人はカレーライスに牛丼、幕の内を頼んだ。

「太一君、これはおばあちゃんからの預かり物よ。着替えに太一くんの好きなサーターアンダギーよ。ホテルに着いたら食べてね。ご飯の時は大きなリュックを外そうね」

貴子が太一を立たせて背中からリュックを外そうとした。

ショルダーベルトに手をかけたら突然ベルトが外れリュックサックが逆さまに落ちた。サイドポケットから沢山の紙類が貴子の足下にこぼれ散った。

急いで紙切れを拾い集めてみるとそれは無数の領収証だった。航空券の半券、新幹線の領収証、コンビニや、果物店の領収書などが無数に集められていた。

さらにリュックの中を覗くと分厚い時刻表や各地の観光用パンフレット、バーゲンセールのチラシ、動物の絵本などがびっしり詰まっていた。

貴子は太一をイスに座らせリュックを側に置くと拾い集めた領収証をテーブルに並べてみた。

「なんだい、その紙切れは？」

徳次が怪訝な顔で訊いた。

「これは太一君が訪問した先々の領収証かな」

貴子の問いに太一は首を縦にふった。

「これを時系列に並べたら太一君の足取りがわかるのではないでしょうか」

貴子は領収証を一枚ずつテーブルの上に広げた。

「なるほど。太一君は領収証をもらっていたのか」

徳次が感心したように言った。

「太一君は興味があるものは何でも集めてカバンに入れるクセがあるようです。

とくに時間が明記されているものは大事に取っておくらしいのです」

貴子は手にした三十枚ほどの領収証をきれいに伸ばすと古い日付順に並べ変えていった。

領収証の始まりは四月八日の那覇─東京間の航空券の領収証だった。搭乗する二日前に購入している。最後は牛丼店の四月十九日の二十時三十二分。領収証の数は合計で二十九枚あった。

モノレールの領収証や新幹線の領収証、食堂の領収証、雑貨店のものやコンビニのレシート、上野動物園や多摩動物園の領収証まであった。

「太一くんは動物園にも行ったんだね」

整理しながら貴子が訊いた。

太一は答えないで俯いた。

領収証の多くは日付と時間が記録されているので時系列に並べていけば太一の動きが手に取るようにわかった。

「さすがですね、貴子さん」

徳次は福祉施設職員である貴子の機転の良さに感心した。

「あら、これはなにかしら?」

一枚の新幹線の領収鉦に東京から岐阜羽島とある。

ひかり637号　四月十一日　九時三三分発―一一時二九分着　一〇、七八〇円になっていた。

「太一君はどうして岐阜県まで行ったのかしら?」

貴子は首を傾げ、新幹線の領収書を徳次に見せた。

徳次は領収証を受け取って目を通した。

「じつは私も今日の夕方には新幹線で岐阜羽島駅に行くんですよ。行き先が私と同じ所のようですね。私はその駅から少し遠いですが加納桜田町にある蜜蜂集荷センターまで行くんです。まさか太一がこの会社の場所を知るはずはありませんが?」

徳次と貴子は怪訝な顔で太一を見つめた。

「ぼく行ったよ、ケイコ女王の所へ」

太一が沈黙を破ってぼそっと言った。

「なーに、太一君。もう一度言って」

貴子が領収証を整理していた手を止めて訊いた。

「ケイコ女王がいるところまで行ったよ」

「ケイコ女王って誰のこと？」

「ばばこの蜜蜂だよ。ケイコ女王というんだ」

太一は少し声を大きくして貴子に言う。

「蜜蜂？　ケイコ女工蜂？　もしかして太一が畑から運びだして　先日出荷した五十の巣箱のことかい？」

徳次が首を傾げて驚いた眼差しで訊いた。

「うん。そうだよ」

太一が素直に言った。

「そうか。あの巣箱の中にケイコ女王蜂がいたんだね？」

「うん。とくじ社長が運んだんだ。ケイコが船から連絡してきた。あしたトウキョウに着くって」

「まさか、太一は蜜蜂の女王と話ができるというのかい？」

徳次が半信半疑で訊くと太一の顔が明るくなって微笑んだ。

「そうだよ。ケイコ、キタロー、ミッキー女王とも話せる」

太一の言葉に徳次と貴子は顔を見合わせて驚いた。

沖縄から毎回出荷される数千箱の蜜蜂巣箱は岐阜県のA社に運ばれ集荷センターで仕分けされる。そこから全国のハウス栽培農家へ数個から数十個単位でトラックに積まれて運ばれていく。ウシ婆さんが出荷した五十箱の巣箱もセンターへ一時保管され他県へ運ばれることになっていた。

「そうだったの。太一君は蜜蜂の女王さんと話ができるのね。だから太一君は、岐阜県にいるケイコ女王蜂の居場所がわかるんだ」

貴子が半信半疑で訊ねると、

「うん。毎日話してた」

と頷き、いつもの太　の顔になった。

「ケイコの名前はね、太一のお母さんの名前だよ。太一が三歳のとき、トウキョウ女子イカ大学病院というところで死んだって。四月十日はお母さんが死んだ日だと、ばばこが教えてくれた。だからお母さんの名前のケイコにした」

「それで太一君は四月十日の命日を選んで東京女子医大病院へ行こうと思ったんだね？」

「うん」

太一が頷いた。貴子は領収鉦を確認した。

太一は新宿から都営大江戸線に乗って若松河田駅でおりている。そこから歩いて病院へ行ったと話してくれた。

「おまたせしました。カレーに牛丼に幕の内でございます」

女子店員が食事を運んできた。

「ちょっとお待ちください」

貴子は慌ててテーブルの上の領収証を片付けた。

女子店員は丁寧に皿を並べていった。

「ほら、太一の好きなカレーライスだぞ。早く食べなさい」

じっと太一の話に耳を傾けていた徳次がカレーをすすめた。

「いただきます」

太一は大きなスプーンでカレーライスを口に放り込んでいく。

貴子は太一の能力に驚いていた。自閉症や知的障害のある人が、その障害とは対照的に優れた能力、ある特定の記憶力、芸術、計算力など高い能力を示すサヴァン症候群というのがあると聞いていたが、太一が持っている能力はサヴァン症候群を超えた説明のできない進化した能力なのではないだろうか。おそらく他人へ話しても信じてもらえないだろう。それはまるで神の域に達するような人間離れした特殊能力ともいえるものだった。

本当に蜂と話ができるのだろうか？　まだ信じられない。だが目の前で太一が言ったことは嘘ではなかった。信じられないことだが太一は蜂と交信しながら本当に東京まできているのだ。

「蜜蜂たちはね、蜜源を見つけると巣内の巣礎枠《すそわく》の上で踊るんだよ。踊りで仲間たちに蜜源の方向と距離を伝えているんだ。これは蜜蜂たちの通信なんだよ。ハチたちが僕に教えてくれたよ」

太一が話す蜂の生態について初めて訊いた貴子は驚いた。

「そうだったの。太一くんはいつでも蜜蜂と話ができるのね」

牛丼を食べる貴子の箸が小刻みに震えた。

徳次がミツバチの動きについて詳しく聞かせた。

蜜蜂はね、ダンスコミュニケーションという伝達能力があるんだよ。蜜源が近いときには体をふりながら、左右交互に円形を描くダンスをおこなうんだ。蜜源が遠いときには尻を振りながら直進して右回り、また左回りを繰り返し、8の字を描くようにダンスをする。蜜蜂たちは太陽を左九十度に見て飛べという合図をしているのさ。

「貴子さん、私は食事が終わったら岐阜まで行かねばならない。貴子さんは太一を連れてホテルへチェックインして下さい」

「わかりました。社長、いろいろとお世話になり、ありがとうございました。すぐに太一をお風呂に入れて夕方はおいしいのを食べに行きます。ね、太一君。そして明日の朝一便で那覇へ帰ろうね」

「そうですか。私に時間があればもう少し東京を案内したかったのだが。太一、ちゃんと貴子さんの言うことを訊くんだよ」

「うん」

「それにしても太一が特殊能力を持っている子とは知らなかった。太一の持っている能力はこれからの養蜂業界に大いに役立つことでしょう。今夜の二人の夕食代はこの徳次がサービスします。貴子さん、これで太一とおいしいのを食べに行ってください」

徳次は財布から一万円札を取り出して貴子に手渡した。

「えっ、うれしい。ありがとうございます」

「太一が一人旅できたご褒美です。太一、おばあちゃんが心配しているぞ。あとで電話しろよ。それから沖縄に帰ったらおばあちゃんと一緒に蜜蜂の世話をがんばるんだぞ」

「うん。がんばる」

太一はあっという間にカレーライスを平らげて笑顔で答えた。

徳次は二人に別れを告げると手を振って出ていった。

徳次を見送った貴子と太一は椅子に座りなおした。

「ねえ、太一くん。一つ聞いてもいい？」

「うん、いいよ」

すっかり上機嫌になった太一に、

「太一くんの旅のお金は誰からもらったの？」

とさりげなく訊いた。

「ばばこのお金だよ。水屋の中にあった」

「そうなんだ。それでいくら持っていったかな？」

「十五万円」

「全部使ったの？」

「あと五千円ある」

太一は青い折りたたみ財布を見せて言った。

貴子はホテルへ着くと太一を風呂に入れ、さっぱりさせるとウシ婆さんから預かった洋服に着替させた。

太一にサーターアンダギーを食べさせた貴子はウシ婆さんに電話をかけた。ウシ婆さんの明るい声が聞こえてくる。貴子はこれまでの太一の経緯を話し、太一が元気であることを伝えた。

ウシ婆さんはお金が無くなっていることにまったく気がついていない様子だった。水屋にあったお金は出荷巣箱の代金だったという。五十万の金額から太一は十五万を抜き取ってポケットに入れ、残りはそのままにしたという。

貴子は太一の頭の良さに目を丸めて感心した。


太一が無事に帰ってきて三日が経った。

ウシ婆さんは一人旅をした太一を責めなかった。いつもと変わらずテレビの前でゲームに夢中になっている。太一は失踪事件以来、福祉施設を利用することを休んだ。太一本人が行きたくないというので太一の好きなようにさせた。

太一君は蜜蜂と会話ができるのですよ、と貴子先生から訊いた時には腰を抜かしそうになった。

これまでウシ婆さんは太一を障害児と思って育てたことはない。ごく普通の男の子と変わらぬよう育ててきた。ただ少し普通の子との違いはあるものの、それは知恵遅れではなく、太一の個性としてみてきた。太一がほしいものは与えてやり、悪いことをすれば叱ってやった。その後でなぜ叱られたかを教えてあげた。障害のある子に急がせたり、むやみに怒ったりしてはならない。彼らの感じる時間と健常者の時間とは同じ一時間でも流れる時の長さが違うのだ。いつもゆったりした時間が彼らには流れているようだ。

ゆっくりと巣箱を運ぶ時の太一のブツブツは女王蜂のケイコと話をしていたのか。まさか太一が蜜蜂と話せるとは……夢にも思わなかった。

あの女王蜂のケイコは太一の母親の名前だったのか。すまなかったのう、太一。あの女王蜂に敬子の魂が宿っていたのを太一は知っていたのだ。だから畑から出たくない。蜂が泣いていると教えてくれたのだ。そうとも知らずにケイコ女王のいる大事な巣箱を出荷してしまった。太一よ、許しておくれ。ばばこが悪かった。ずっと太一と一緒にいるのにお前の能力に気が付かないなんて……。

ウシ婆さんは自分の愚かさに胸が締め付けられるほど後悔した。

「太一、畑に行くから準備しなさい」

ゲームに夢中になっている太一に声をかけた。

しばらく蜜蜂の内検がおろそかになっていたので、太一と二人で砂糖水の補給や蜜蜂の成長具合を確認しなければならない。いつものようにザルへ養蜂用具を入れて頭に乗せた。

ウシ婆さんが太一と一緒に作業するのは久しぶりだった。

暑い日差しのもと、巣箱を次つぎに開けて確かめた。元気な羽音が聞こえる。どの巣箱も蜜蜂であふれていた。さらに巣礎枠には卵や大小の幼虫が無数にあった。女王蜂がよく働いている証だ。

このゴクウ女王巣箱は生命力にあふれていた。次のサザエ女王巣箱に移り半分ほど内検を終えた頃に徳次がやってきた。

長靴を履いて手には防護服と大きな袋を持っている。

「やあウシ姉さん。がんばっていますね」

「あい、徳次さん。忙しい社長さんが、なんでまた畑に？」

「今日は時間が空いたので巣箱の内検を手伝いに来ましたよ」

「あれまあ、助かるさあ。では少し休《いへーゆくてぃ》から始みらな。太一ー、休むからおいで」

東側で作業をしている太一に大声で叫んだ。

「冷たいのをもってきましたよ。どうぞ」

徳次は大きな袋を手渡した。コーラにさんぴん茶、コーヒー缶、菓子パンにお菓子等が入っていた。

「あいやー、多《うさき》ーなー。ありがとうどう」

太一が足早にやってきて三人は車座になった。

「太一は防護服を着けないのかい？」

「うん」

「蜂に刺されないのか？」

「だいじょうぶ」

太一はペットボトルのコーラを取ると一気に飲んだ。

「そう、太一はね、不思議と蜂に刺されたことがないさあ。私はしょっちゅうだがね」

ウシ婆さんがさんぴん茶を手にして言った。

「太一は今も女王蜂と話をしていたんか？」

徳次が訊いてコーヒー缶を口に運んだ。

「うん、ユーミンと」

「ほう、どんな話だ？」

徳次は興味津々に訊いた。

「そろそろ分蜂《ぶんぽう》するので新しいおうちがほしいって」

「そうかい。それなら新しい巣箱を追加して置かないといけないな」

「それから花粉が足りないって」

「では花粉の量を多めにいれてビール酵母菌を混ぜるといいよ」

「うん。働き蜂がね、ここから北の方へ二キロ行くと蜜源が豊富にあると仲間の蜜蜂に話していたよ」

太一は袋からチョコレートを取って食べた。

「あい、うんなことまで解《わか》いんばーい？」

お茶を飲みながらウシ婆さんは太一に感心した。

「働き蜂は、８の字ダンスをして仲間たちに方向と花の多さを教えているんです。だから取り尽くすまで皆でその場所に飛んでいくんです。ユーミン女王の巣箱には蜜がたくさん蓄えられていただろう？」

「うん、他の巣箱より多かった」

にこりと笑って太一は二個目のチョコを口にほうりこんだ。

巣箱に新しい女王蜂が誕生すると旧女王蜂は働き蜂を半分ほど連れて出ていく。

この巣別れを分蜂という。

「へー、蜜蜂って《はちゃーや》能力の《じんぶんぬ》あるすごい《まんどーる》生き物《いちむしゃ》なんだね《さや》」

ウシ婆さんは徳次の知識の高さに改めて感心した。

「昔から蜜蜂を働かせて蓄えた蜂蜜をわれら人間が奪って食べているんですよ。罪悪感はあるけど蜜蜂と人間は今も昔も共存して生きているんですね。ではそろそろ作業にかかりましょうか？」

徳次は立ち上がり、防護服を着けると巣箱の方へ歩いていった。

五

八月になると雨の降る日が続いた。

梅雨はとっくに過ぎたというのにまだ空の涙は枯れていない。ウシ婆さんは閉じられた窓から空を見上げると恨めしそうに呟いた。例年ならば今頃は猛暑日になっているはずだが、今年の夏は沖縄近海に二個の台風が近づきつつあり当分やみそうになかった。

悪天候のせいで巣箱の内検もできない。何とかならぬものかと心穏やかでなかった。ウシ婆さんは台風情報を聞くたびに早めの対策を施さねばと焦っていた。晴れ間が見えたら出かけて行くつもりだが、この豪雨ではなかなか止みそうになく行くのをためらわれた。

窓際《まどぎわ》にあるラジオのスイッチをいれると懐かしいメロディが流れてきた。二葉あき子が唄う〈水色のワルツ〉だった。

ウシ婆さんは若い頃、社交ダンスが得意でロングドレスを着けて〈水色のワルツ〉のメロディに乗って踊るのが好きだった。

夫の太郎とは、その頃ダンスクラブで知り合った。太郎はステップが上手でいつもやさしくリードしてくれたので踊りやすかった。

瞼を閉じて懐かしい曲を聴いていると自分の若き頃の踊子姿が広がっていった。

つい年甲斐もなく身体が動いて腰を振っていた。

「あい、まだ踊れるさあ」

ステップを踏むウシ婆さんの踊りをのぞき込むように大量の雨が窓を打ち続けていた。

次の日も雨だった。強い風と横殴りの雨が窓ガラスを激しくたたいた。テレビのニュースでは今夜半頃に台風直撃か、とアナウンサーが甲高い声で叫んでいる。

もはや時間がない。ウシ婆さんはあせった。

来年は太一を連れてのんびり東京へ旅行しようと計画していた。そのためにも二百箱の出荷は必要だった。どうしても台風対策はやらなければならない。巣箱が吹き飛ばされたらそれこそ一大事だ。ウシ婆さんは太一を説得し雨具を着けて畑へ出かけた。

思った以上に風雨は強く吹いていた。

「太一、風《かじ》んかい飛ばさらんきよー」

風雨のなか二人は風に押されないよう前屈みになって歩いた。

しっかりと台風対策をやらなければ巣箱は壊滅状態になってしまう。巣箱のふたが飛ばされたらその箱は全滅してしまう。昨年は十箱も失った。だが、今年はちがう。徳次さんが開発した台風対策の新兵器があるからだ。ベジータ棒という。

一メートルの角材の片方に自転車用の古いチューブが付いているだけのものである。使い方は巣箱の下に配置された二つのブロックの前後の穴にベジータ棒を通して、チューブの先端をつかんで巣箱を抱き込むように回して反対側の角材にチューブをかけるだけのものだった。

ブロックと巣箱が一体化になって固定されるので強風でもびくともしない。わずか二十秒もあれば誰でもできる。ウシ婆さんにも容易にできた。

材料はすべて廃材品を利用している。まさに徳次のアイデア製品だった。ベジー夕棒を全国の養蜂家に勧めたいものだ。二百個の巣箱なら一時間ほどで対策は終わるだろう。

風雨がますます激しくなってきた。ウシ婆さんは強風になんども押されながらも作業を続けていった。ハギ山に近い北側の巣箱、つまりルフィ、チョッパー、のび太、ドラえもんの巣箱がある場所から始めた。

「太一ー、こっちはもう少しで終わるので南の巣箱をやっとくれ」

ウシ婆さんは大声で叫び太一に指示した。

太一が足早に近づいてきた。

「ばばこ、ここはあぶないって蜂たちが騒いでいるよ。早く逃げようよ」

「わかった。すぐ終わるから。太一は南の角にあるのをみて」

「危ないから早く逃げよう」

太一は南側に移りシンデレラ、楊貴妃、ぬりカベ、金太郎、仮面ライダーの巣箱にとりかかった。

北側にある七個の巣箱対策を終えるとウシ婆さんは太一のいる南へ向かって歩きはじめた。

その時だった。

突如大きな地響きとともにハギ山が崩れ落ちた。土砂の固まりが大きな音と同時にウシ婆さんの方へ向かってくる。

「太一ー、逃げるんじゃゃ。はやく」

ウシ婆さんも巣箱の合間を縫って走りまわった。

土砂は瞬く間に北側に置いてある巣箱を次々と飲み込んでいった。南側に押し寄せてきた。土砂には生木の流木も混じっていた。

ウシ婆さんは巣箱の合間を縫ってうまく逃げようとしたが左足を巣箱に引っ掛けて転んだ。腹ばいになったウシ婆さんが立ち上がろうと腰を浮かしたその時だった。怒り狂った土砂が襲いかかった。

「わぁー」

流木が巣箱の間に挟まれて止まり、その上に土砂が覆いかぶさった。両足に鋭い痛みが走った。

「ばばこー」

太一が叫んで走ってきた。

ウシ婆さんの腰から下は土砂に覆われて埋まっている。土砂から逃れようと上半身を動かしたがどうにもならなかった。

「ばばこー、大丈夫?」

「太一、徳次さんを。徳次を早う呼ぶんじゃ」

ウシ婆さんは顔をしかめ、右手を振って太一に早く行けと促した。

「わかった。急いで行ってくる」

太一は雨具を脱ぎ捨てて風雨のなかを駆けていった。

北側に置いたハギ山近くの巣箱が土砂で埋まった。さらに数十箱の巣箱が横倒しになりフタが開いて大量の巣枠が投げ出されている。さなぎや卵、まもなく成虫になろうとしている蜂の死骸が雨に打たれ無残な姿をさらしていた。こんな蜜蜂の光景をウシ婆さんは見たことがなかった。

ああ、蜜蜂が……。

蜂を失った悲しみと絶望のはざまでウシ婆さんの意識は遠のいていった。倒れた老婆の背中を容赦なく自然の猛威が暴れまわった。

どれほど眠っていたのだろう。目覚めたウシ婆さんはベッドに横たわっていた。ここは病院だろうか。

「気がつきましたか」

声をかけたのは徳次だった。

起きようとしたが左足に痛みが走り思わず顔をゆがめた。

「ここは赤十字病院です。幸い足の骨は折れていないようです。小さなヒビが二ヶ所あると先生が話していました」

徳次はベッドの横にあるボタンを押してベッドを三十度ほど傾けた。ちょうど腰あたりから曲がりはじめたベッドは上半身が起きた状態になった。

「徳次さん、ありがとう。助かったさあ」

「あぶなかったですね。無茶はいけませんよ」

「世話をかけたね」

「ひと月は安静だと先生がおっしゃっていました」

「あの時はもう死ぬかと思ったさ。徳次さんが助けてくれなかったら今ごろ私は天国《ぐそー》に行ってたさ。本当にありがとう」

「流木が巣箱に引っかかって壁になった状態でした。それで大量の土砂を被らずに済みました。ただ左足の骨にヒビがあるのでしばらくは歩けないそうですよ」

「そうかい。足の骨が折れてないだけでも奇跡さあ」

「蜜蜂たちがウシ姉さんを助けてくれたのかもしれませんね」

「あんやさ。蜜蜂《はちゃーん》かい助きらったん。蜜蜂に感謝やさ。それで巣箱はどうなったかね？」

「二十箱はダメになりました」

「そうかい。残りは無事なんだね。徳次さんのおかげで助かったさ」

「巣箱はすぐに増えて元どおりになりますよ、九月の出荷に向けてやることが多いですよ。はやく元気になってくださいね」

徳次の説明を聞いていたウシ婆さんは急に黙ってじっと天井を見つめ思案にふけた。やがて口を開くと、

「じつは、徳次さん。あなたに頼みがあいしが……」

徳次の目を見つめ落ちついた声で話した。

「お話とは、なんでしょうか？」

壁側にあった折りたたみ椅子を持ってくると徳次は腰かけた。

ウシ婆さんは真剣な目で徳次を見つめ、静かな口調で語った。

「太一のことだが、祖母の自分が逝ったら太一は一人ぽっちになってしまう。で

きれば太一に養蜂で身を立ててもらいたいと願っているのだが、太一には知的障害があるさあ。独り立ちは困難だろうね。そこで徳次さんが太一を支えてくれないかね。養蜂の共同経営者になってもらいたいんだよ。利益の半分、いや三分の二は徳次さんがもらって。太一との共同経営を検討してくれないだろうか？」

さらに言葉をつないでウシ婆さんは言う。

「もし養蜂業がダメなら太一名義の貯金が郵便局にある。足りない分は家屋敷を担保に入れて銀行からお金を借りてアパートを建てるようにしてくれないかね。太一が家賃で何とか食べていけるよう、生計が成り立つよう徳次さんに考えてほしいのだが……」

徳次を拝むように掌を合わせて頼んだ。

「心配いりませんよ。私が太一を一人前の養蜂家に育てますから。それより早く元気になって蜜蜂の面倒を見てください」

徳次のやさしい言葉にうれし涙をこぼした。

「ああ、これで思い残すことはない。もういつ逝ってもいいさあ」

ウシ婆さんのしわ顔の三角の目がますます細くなり何度も頭を下げてお礼を言った。


ひと月後、ウシ婆さんは退院した。

打撲の傷や腫れは治ったが以前のようにシャキッとした歩き方はできなかった。そんなウシ婆さんのために徳次は中古の電動シニアカートを友人から安く譲り受けてくれた。

薄黄色の一人乗りでハンドルの左手にはレバー式のブレーキがついており押しボタン一つでエンジンがかかった。

速度は五段切り替え式になっており、ダイヤルを1から5に合わせて走らせるようだ。ウシ婆さんはさっそく運転席に座るとエンジンをかけて畑へ向かった。

人が歩く速度くらいで走る。畑へ向かう途中、幸吉じいさんの青い電動シニアカートとすれ違った。

「あね、幸吉兄さん。畑《はる》や終いみそーちー」

「あい、ウシーよ、上等《じょうとう》買《こ》うたさやー」

幸吉じいさんは前歯のない口を開け、高らかに笑った。

上り坂に差し掛かるとウシ婆さんはダイヤルを２に切り替え加速をつけて上った。

畑に着くとエンジンを止めて東側に目をやった。太一と徳次が巣箱のふたを開けて内検作業を行っている。

「いいかい、太一。蜂の足に黄色い花粉がくっついているだろう。この蜂はね、花粉をとってきたんだよ。花の蜜は蜂蜜になり、花粉は幼虫のごはんなんだよ」

徳次は巣枠を持ち上げて太一にわかるように説明した。

「わかった、黄色い粉は幼虫のごはんなんだね」

太一は花粉を指さして応えた。

「太一、徳次さん、休憩《なかゆくい》しよう。お茶を飲んでー」

ウシ婆さんは車から降りると声を張りあげた。

二人はウシ婆さんの声に振り向き、手を挙げた。太一はあいかわらず防護服を着けていない。

防護服を脱いだ徳次と太一が木陰に腰を下ろした。

土砂くずれの廃棄物は徳次がユンボを頼んできれいに整地してくれた。畑は前の姿にすっかり戻っていた。サシグサなどの草花も繁ってきており、すぐに緑のじゅうたんになるだろう。

ハギ山と畑の間には高い鉄骨が数本建てられ、二十メートルほど金網の柵が張られていた。これも徳次がやってくれたのだ。くずれたハギ山は以前よりも地肌を広げ、鋭くなってさらに禿げていた。

紙コップに冷たいお茶を注いでやり、ビニール袋から炊きご飯《じゅうしーめー》のおにぎりと黒糖のサーターアンダギーを一つずつ手渡した。

「ウシ姉さんのサーターアンダギーは久しぶりだ。いただきます」

徳次はサーターアンダギーを頬張りながら、

「太一の覚えはとても早く女王蜂の作り方も完璧です。この調子なら巣箱はすぐに五百箱や一千箱に増えるでしょう。太一くんは蜂飼育の天才ですね。そういえばウシ姉さんに朗報がありますよ。沖縄の蜜蜂が今年は出荷量日本一になったんですよ。新聞に大きく報道されました。もうすでに全国に伝わっていますよ」

「ええっ、それは本当かい？　では私や太一が育てた蜂もその中に入っているんだね？」

「そうですよ。おかげで日本一になったのですよ。県内の養蜂家は一九六人になりウシ姉さんはその一人です」

徳次は話すとサーターアンダギーの残りをがぶりとかじった。

新聞には『花粉交配用　全国を支える　蜜蜂生産量日本一』とあった。

いままで一番だった長野県を抜いて初めて沖縄県が花粉交配用蜜蜂の出荷が全国

一になったのである。

以前に徳次と話した蜜蜂のことをウシ婆さんは思いだした。ついに沖縄の養蜂が日本一になったのだ。県内の養蜂家が力を結集して実ったのだ。今後は若者たちが参入してもっと広げてもらいたい。全国に、いや世界の国々に沖縄の蜜蜂を出荷してすべての人々に愛されてほしい。太一が徳次と共にこの先ずっと花粉交配養蜂作業を続けられるなら、こんなうれしいことはない。

稼ぎが多かろうと少なかろうとお金の問題ではないのだ。太一の自立こそが老い先短いウシ婆さんの願いだった。これからの養蜂は若者が参加して障害を持った人たちも一緒になって新たなる沖縄の産業になってほしいものだ。太一が蜜蜂を愛し触れ合うことで全国にいる生産農家の手助けになれば障害を持っていても人のために役立つ人生が送れるだろう。太一や、蜜蜂がお前の未来を変えてくれるんだよ。この蜂たちは太一の財産なんだ。私のあとを継いで頑張っておくれ。ウシ婆さんは心から願った。

欲を言えばもう一つ。

太一にすてきなお嫁さんが来てくれたならこれ以上の喜びはないのだが……。

年増でもいい。バツイチ女だって構わない、ヤマト女でも外人でもいいさあ。そんな女が一人ぐらいはいないかねー。

だが、こればかりは神のみぞ知ることなので高望みはできない。

「ばばこ、新しい巣箱の女王はケンシロウ、アトム、カツオだよ」

汗ばんだ太一の顔がギラギラと輝いている。

「そうかい。太一ー、どんどん新女王を作《ちゅく》てぃ増《うふく》しよーやー」

ウシ婆さんはおにぎりを一つとって頬張ると、無邪気な顔の太一に思いを込めて力強く言った。

■第46回新沖縄文学賞受賞エッセー

振り返ってみれば……

二〇二〇年十一月四日の夜、八時ごろに携帯電話が鳴りだした。

それは嬉しい新沖縄文学賞の受賞の連絡でした。驚きと戸惑いで声を震わせた対応になりました。

私が小説を書こうと思いたったのは四十歳の時でした。

ある日の朝、新聞を読んでいると一千万円懸賞金小説公募の記事が目にとまりました。物語を書くだけで大金がもらえるのか、という安易で邪悪な考えの動機でした。

小説の書き方も知らないずぶの素人が懸賞金に目が眩んで小説に挑んだのです。

結果は、目盲蛇に怖じずで数枚程度の作文で終わり、挫折してしまいました。

数日経ったある日の朝刊に〈小説作法教室・講師は長堂英吉〉なる記事を見つけました。挫折した悔しい思いがあり、すぐに作法を学びたいと決心し、講義を受けることにしたのです。そのときが長堂英吉先生との出会いになりました。

半年間の手ほどきを受けると、師が主宰する〈同人誌グループ　南涛文学会〉への入会を勧められました。

同会には文学を目指す老若男女の大勢の仲間たちが学んでおりました。私も同会の一員となって文学活動に専念していったのです。やがて事務局長や編集長の活動をこなしながら、県内文学賞に五、六回ほど応募しました。

いずれの挑戦も受賞にはほど遠く、そのたびに挫折感を味わいました。それでも創作への未練は断ち切れず二十年間ほど南涛文学会で創作活動を続けてきましたが、六十歳の頃に身体を壊したために、休会しました。

若い頃に始めた事業は二十年余りで経営が苦しくなり倒産、一転してどん底人生に転げ落ちていったのです。毎日のように鳴り響く借金返済催促の電話や脅迫まがいの電話を受けて、精神的にも限界に達し、自死しようと考えたこともありました。

だが、死ぬ勇気もなく、これまで多くの取引先や友人、知人、家族や親類縁者らに多大なご迷惑をかけてきました。すべての資産や財産、土地建物等を売却し、借金返済にあてましたが、まだ多くの負債が残りました。最近まで昼も夜も働いて、返済をおこなってきましたので貧乏暮らしが長年続きました。

孫たちへお年玉も与えきれない、おじいちゃんになっていたのです。

レストランの皿洗いやお菓子屋さんの倉庫管理、給油所のアルバイト等をしているうちに福祉事業者のCさんと出会いました。

Cさんの勧めで知的障害者福祉事業に携わるようになったのです。Cさんの障害者施設で定年まで約二十年働き、障害者たちと楽しい日々を過ごしました。

定年後は運送事業を立ち上げて郵便局の配送業者となって仕事を始めましたが、

三ヶ月後に腰を痛めて撤退したのです。その時に知りあった同僚のAさんから養蜂を一緒にやらないかと誘われました。

私は喜んで頷きました。蜜蜂はあんなに小さな生き物なのに、牛や豚と同じ畜産業に分類されるのだよと、Aさんが蜜蜂の手ほどきを教えてくれ、養蜂業に関するノウハウを指導してくれました。

私が生活苦に追われ創作活動を休んでいる間に、同人仲間たちは次々と県内文学賞を受賞していきました。私は一人だけとり残され、置いて行かれたような気がしました。

信用と財産を失いました私ですが、代わりに多くの友人、知人と家族を得ました。

今年に入り、去る二月に文学の師である長堂英吉先生が病にて逝ってしまわれました。私は先生へのご恩返しもできずにいる不甲斐ない自分を罵り、恥じたのです。

そのような中で、自分がこれまで経験してきた知的障害者との交流や養蜂業の要素を取り入れて、短編小説「ばばこの蜜蜂」を書き始めました。この作品でダメなら小説を書くのは諦めようと考えていました。

七十一歳になった今、蜜蜂が私の人生を変えようとしています。蜜蜂の花粉交配(ポリネーション)が、私に大輪の花を咲かそうとしているのかも知れません。ますます蜜蜂が愛おしくなってきました。私に残された時間はそんなに多くありませんが、恩師のご冥福をお祈りしつつ、今後は蜜蜂を育てながら創作活動も続けていきたいと思っています。

最後にこれまで私を支えてくれた友人や知人、本当にありがとうございました。また選考に携わってきた関係者の皆様へ心より御礼申し上げます。

二〇二〇年十一月吉日

なかみや梁

新沖縄文学賞歴代受賞作一覧

第1回（1975年）応募作23編
受賞作なし
佳作：又吉栄喜「海は蒼く」／横山史朗「伝説」

第2回（1976年）応募作19編
新崎恭太郎「蘇鉄の村」
佳作：亀谷千鶴「ガリナ川のほとり」／田中康慶「エリーヌ」

第3回（1977年）応募作14編
受賞作なし
佳作：庭鴨野「村雨」／亀谷千鶴「マグノリヤの城」

第4回（1978年）応募作21編
受賞作なし
佳作：下地博盛「さざめく病葉たちの夏」／仲若直子「壊れた時計」

第5回（1979年）応募作19編
受賞作なし
佳作：田場美津子「砂糖黍」／崎山多美「街の日に」

第6回（1980年）応募作13編
受賞作なし
佳作：池田誠利「鴨の行方」／南安閑「色は匂えと」

第7回（1981年）応募作20編
受賞作なし
佳作：吉沢庸希「異国」／當山之順「租界地帯」

第8回（1982年）応募作24編
仲村渠ハツ「母たち女たち」
佳作：江場秀志「奇妙な果実」／小橋啓「蛍」

第9回（1983年）　応募作24編
受賞作なし
佳作：山里禎子「フルートを吹く少年」
第10回（1984年）　応募作15編
吉田スエ子「嘉間良心中」
山之端信子「虚空夜叉」
第11回（1985年）　応募作38編
喜舎場直子「女綾織唄」
佳作：目取真俊「雛」
第12回（1986年）　応募作24編
白石弥生「若夏の訪問者」
目取真俊「平和通りと名付けられた街を歩いて」
第13回（1987年）　応募作29編
照井裕「フルサトのダイエー」
佳作：平田健太郎「蜉蝣の日」

第14回（1988年）　応募作29編
玉城まさし「砂漠にて」
佳作：水無月慧子「出航前夜祭」
第15回（1989年）　応募作23編
徳田友子「新城マツの天使」
佳作：山城達雄「遠来の客」
第16回（1990年）　応募作19編
後田多八生「あなたが捨てた島」
第17回（1991年）　応募作14編
受賞作なし
佳作：うらしま黎「闇の彼方へ」／我如古驟二「耳切り坊主の唄」
第18回（1992年）　応募作19編
玉木一兵「母の死化粧」
第19回（1993年）　応募作16編
清原つる代「蝉ハイツ」

佳作：金城尚子「コーラルアイランドの夏」
第20回（1994年）応募作25編
知念節子「最後の夏」
佳作：前田よし子「風の色」
第21回（1995年）応募作12編
受賞作なし
佳作：崎山麻夫「桜」／加勢俊夫「ジグソー・パズル」
第22回（1996年）応募作16編
崎山麻夫「闇の向こうへ」
加勢俊夫「ロイ洋服店」
第23回（1997年）応募作11編
受賞作なし
佳作：国吉高史「憧れ」／大城新栄「洗骨」
第24回（1998年）応募作11編
山城達雄「窪森」
第25回（1999年）応募作16編
竹本真雄「燠火」
佳作：鈴木次郎「島の眺め」
第26回（2000年）応募作16編
受賞作なし
佳作：美里敏則「ツル婆さんの場合」／花輪真衣「墓」
第27回（2001年）応募作27編
真久田正「鱬鯤」
佳作：伊礼和子「訣別」
第28回（2002年）応募作21編
金城真悠「千年蒼茫」
佳作：河合民子「清明」
第29回（2003年）応募作18編
玉代勢章「母、狂う」
佳作：比嘉野枝「迷路」

第30回（2004年）　応募作33編
赫星十四三「アイスバー・ガール」
佳作：樹乃タルオ「淵《クムイ》」
第31回（2005年）　応募作23編
月之浜太郎「梅干駅から枇杷駅まで」
佳作：もりおみずき「郵便馬車の馭者だった」
第32回（2006年）　応募作20編
上原利彦「黄金色の痣」
第33回（2007年）　応募作27編
国梓としひで「爆音、轟く」
松原栄「無言電話」
第34回（2008年）　応募作28編
美里敏則「ペダルを踏み込んで」
森田たもつ「蓬莱の彼方」
第35回（2009年）　応募作19編
大嶺邦雄「ハル道のスージグァにはいって」
富山洋子「フラミンゴのピンクの羽」
第36回（2010年）　応募作24編
崎浜慎「始まり」
佳作：ヨシハラ小町「カナ」
第37回（2011年）　応募作28編
伊波雅子「オムツ党、走る」
第38回（2012年）　応募作20編
佳作：當山清政「メランコリア」
伊礼英貴「期間工ブルース」
佳作：平岡禎之「家族になる時間」
第39回（2013年）　応募作33編
佐藤モニカ「ミツコさん」
佳作：橋本真樹「サンタは雪降る島に住まう」
第40回（2014年）　応募作13編
松田良孝「インターフォン」
佳作：儀保佑輔「断絶の音楽」

第41回（2015年）　応募作21編
長嶺幸子「父の手作りの小箱」

第42回（2016年）　応募作24編
黒ひょう「バッドデイ」
梓弓「カラハーイ」

第43回（2017年）　応募作33編
儀保佑輔「Summer vacation」
佳作：仲間小桜「アダンの茂みを抜けて」

第44回（2018年）　応募作24編
中川陽介「唐船ドーイ」
高浪千裕「涼風布工房」

第45回（2019年）　応募作22編
しましまかと「テラロッサ」

第46回（2020年）　応募作22編
なかみや梁「ばばこの蜜蜂」

なかみや梁 （なかみや・りょう）

本名　宮城稔（みやぎ・みのる）
1949年中城村生まれ、那覇市在住。養蜂家。
県立泊高等学校通信制過程卒。
他の発表作品に「一千回のアプローチ」「落城」「ノブちゃんのひとり旅」など。

ばばこの蜜蜂　　タイムス文芸叢書 012

2021年2月2日　第1刷発行

著　者　なかみや梁
発行者　武富和彦
発行所　沖縄タイムス社
〒900-8678　沖縄県那覇市久茂地2-2-2
出版部　098-860-3591
www.okinawatimes.co.jp
印刷所　文進印刷

ISBN978-4-87127-279-7　Printed in Japan